三國演義繪本

1 桃園三結義

原著〔明〕羅貫中
編著 狐狸家

新雅文化事業有限公司
www.sunya.com.hk

三國演義繪本 1

桃園三結義

原　　著：〔明〕羅貫中
編　　著：狐狸家
責任編輯：林可欣
美術設計：劉麗萍
出　　版：新雅文化事業有限公司
香港英皇道499號北角工業大廈18樓
電話：（852）2138 7998
傳真：（852）2597 4003
網址：http://www.sunya.com.hk
電郵：marketing@sunya.com.hk
發　　行：香港聯合書刊物流有限公司
香港荃灣德士古道220-248號荃灣工業中心16樓
電話：（852）2150 2100
傳真：（852）2407 3062
電郵：info@suplogistics.com.hk
印　　刷：中華商務彩色印刷有限公司
香港新界大埔汀麗路36號
版　　次：二〇二二年一月初版

四川少年兒童出版社有限公司授權出版

ISBN: 978-962-08-7914-2

18/F, North Point Industrial Building, 499 King's Road, Hong Kong
Published in Hong Kong, China
Printed in China

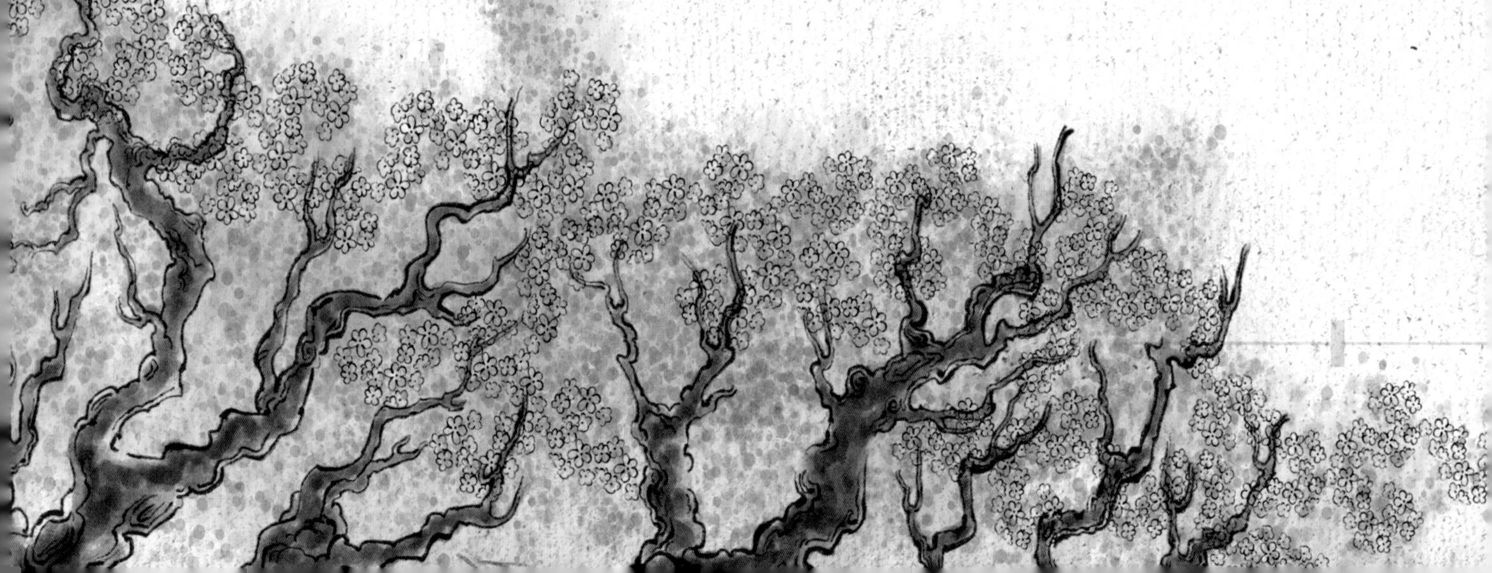

話說天下大勢，分久必合，合久必分。
統治中國四百多年的大漢王朝，進入了分裂動盪的新時期。
狼煙紛亂，羣雄並起。
亂世中，桃園裏，
劉備、張飛、關羽結為兄弟，
再加上聰明機智的諸葛亮，
戰曹操、氣周瑜、燒赤壁……
英雄的故事，即將上演。

話說東漢末年，皇帝昏庸無能，朝堂一片混亂。又遇上連年天災，莊稼失收，百姓們眼看就要被餓死了。這時，各地百姓紛紛揭竿而起，反抗朝廷。其中出現了最強大的一支軍隊，軍隊裏的人紛紛用黃巾包頭，號稱「黃巾軍」。

黃巾軍專門和朝廷作對，他們聲勢浩大，勇敢頑強，官府望而生畏，連連戰敗。

這天，樓桑村的一個青年挑着扁擔，正準備去涿縣城裏賣草鞋。青年姓劉名備，字玄德。他身材高大，氣質風度很不一般。當然，最引人注目的，還是他那雙奇長的胳膊和那對大大的耳朵，簡直讓人過目不忘。

其實啊，劉備本是漢朝皇帝的遠房親戚，但家境十分貧寒。父親早早離世，只留下他和母親相依為命，靠編草蓆、賣草鞋為生。

等我長大了，一定要坐比這棵樹還要大的馬車！

劉備小時候就很有志向，他十五歲時拜師求學，習武練劍。現在劉備已經二十八歲了，雖然生活依舊困苦，但他始終堅信自己未來會做成一番大事業。

文榜
你當黃巾軍是那麼好殺的？上了戰場，搞不好啊，我們命都保不住！
快看啊！榜文上說，只要上陣殺賊就能當官！

我聽説黃巾軍就要打到我們涿縣了！
真的嗎？那還殺什麼賊啊，不如趕緊逃命吧！

恰逢涿縣的趕集日，城裏人來人往，熱鬧極了。劉備挑着擔子，剛走到城門口，就看見一羣百姓圍在榜文邊，你一句我一句，議論得熱火朝天。

原來是皇帝實在拿黃巾軍沒辦法了，只好在各地張貼榜文，召集天下英雄，共同討伐黃巾軍。

魚
唉……

眾人議論紛紛，唯獨劉備一言不發。他想了許久，最終只是歎了口氣，默默挑起扁擔準備離開。奇怪！為什麼肩上的扁擔突然像被石頭壓住了一樣，怎麼也抬不起來？

肉舖
茶
堂堂七尺男兒，不上陣殺敵、為國出力，躲在這裏歎氣算什麼好漢！
肉舖

劉備回頭一看，原來是一位黑臉大漢抓住了他的擔子！這人虎背熊腰，滿臉大鬍子，雙眼似乎要噴出火來，張口便問劉備為何歎氣。劉備也不急着回答，卻說這集市上鬧鬧嚷嚷的，還是先換個地方再說話吧。

這裏可不是說話的好地方，還請借一步說話。
哼！我倒要聽聽你怎麼說！
肉舖

魚舖

穿過熱鬧的集市，劉備跟着這位氣呼呼的黑臉大漢來到一處酒館。

兩人剛坐下，黑臉大漢就急吼吼地質問劉備剛才為什麼歎氣。原來這黑臉大漢名叫張飛，是個殺豬的屠夫，市集裏還有他的豬肉攤呢！劉備看着他一翹一翹的兩撇鬍子，笑着報上了自己的名字，並說出了歎氣的原因。

酒
叫張飛，字翼德，是殺豬的屠夫。你叫什？剛才為何歎氣？
在下姓劉名備，字玄德。正是因為想要報效國家，才會歎氣啊。
豆腐

這有什麼好歎氣的！我看
劉兄氣度不凡，不如和我
同去參軍吧！
去不得，去不得！

「想要報效國家？參軍不就成了嗎？歎氣做什麼！」聽劉備說完，張飛眼睛一亮，拉着他就要去參軍。可沒想到劉備卻連連擺手，一口拒絕。

「為何不去？難道我看錯人了？這劉備其實是個縮頭縮腦的膽小鬼？」張飛越想越氣，「啪」的一下摔碎了酒碗，嚇得眾人一句話也不敢說。

你可知黃巾軍是
從哪兒來的？
國難當頭，我哪
顧得上這些！

見張飛生氣，劉備不慌不忙，只把張飛安撫坐下，問他知不知道黃巾軍從哪裏來。

糧
這黃巾之亂，根源其實是這些貪官啊！我們現在去從軍，如果遇見的統帥是個貪官，那豈不是為虎作倀，白白送死嗎？

原來啊，官府榜文中的黃巾軍，一開始都是些普通百姓！這些年天災四起，然而朝廷的貪官們不僅不救濟民眾，甚至還加重了賦稅！老百姓們實在活不下去了，這才互相約定裹上黃頭巾，一起推翻官府的統治。

可漸漸的，他們不僅搶官府的，還開始搶平民的，甚至濫殺無辜。最終，一場起義變成了黃巾之亂。

依兄長高見，我們
該怎麼辦啊？
與其為官府賣命，
還不如我們自己招
兵買馬，組建軍
隊，剿滅黃巾軍。

聽完劉備的一席話，張飛徹底服氣了。他摸着後腦勺，眼巴巴地追問劉備該怎麼辦。

劉備性格沉穩，很少跟別人説起自己的志向。今日見了張飛，劉備覺得他是個豪爽的好漢，就把自己的心裏話説了出來——他想要招兵買馬，平定戰亂，報效國家！可惜自己家境貧寒，實在無能為力……

他們怎麼又突然
和好了？
還好沒打起來，
不然我們小店可
保不住了……
張
衝啊！

客官，您要的酒來嘍！
小二，快拿壇酒來！
饃

兩人正說着，突然被一陣洪亮的吆喝聲打斷。他們探頭向窗外望去，只見一個大漢推着一車糧食，停在酒館門口。這人身材高大，蓄着長長的鬍鬚，正高聲呼喚店小二拿酒來。

劉備定睛一看，好一位美髯公！他的臉像棗一樣紅，眉毛像墨一樣黑，鳳眼微瞇，看起來威風凜凜。尤其是那鬍鬚，不光長，而且又細又密，在陽光的照耀下，像在發光。

這人拿過酒罈，仰頭倒灌，咕咚咕咚，不一會兒就喝完了整整一大壇酒，豪爽極了！

張飛見這位好漢性情豪爽，心裏很是欣賞他，一聽說他也要去投軍，急忙跑過去勸阻。

張飛把他請到酒桌旁坐下，忙不迭地把剛才劉備的話和他說了一遍。這位好漢聽完，只覺得張飛說得有道理，連連讚歎。張飛黑臉一紅，不好意思地撓撓頭，連忙解釋這都是劉備說的。

要我說，都怪那些
大貪官，我們可不
能去送死啊！
不敢當！
哪裏，哪裏！
今日得見兩位英雄，
實乃關某之幸！

原來這位好漢姓關名羽，字雲長。他本是河東解良人，因為看不慣當地豪強欺壓百姓，便一怒之下殺了那惡人。雖說解救了百姓，可他也因此被官府通緝，被迫四處躲藏，現在只能靠給別人看家護院、賣些糧食維持生計。

今日在城門口看到招兵榜文，關羽便決心參軍。他想着與其繼續流浪，還不如投身軍營，保護無辜百姓！

快說！有沒有見
過這個人？

三人邊聊邊喝酒，越聊越興奮。不一會兒，外面突然下起了雨，張飛便邀請劉備、關羽去自己的莊子上坐一坐，繼續暢聊。劉備和關羽爽快地答應了。

雨越下越急，噼里啪啦地砸在地上，濺起無數水花。街上行人都狼狽地忙着找地方躲雨，只有他們在雨中大笑，一路飛奔。

張飛把二人引進莊子，命小廝獻上美酒佳餚。三人雖是第一次見面，卻像認識了許久似的，有説不完的話。

席間，張飛想起劉備的志向，他大手一揮，表示願變賣家產，幫助劉備，幹一番大事業！關羽見劉備雖然生活困苦，卻志向高遠，很是敬佩，也決心要追隨他。

我願變賣家產，助劉兄做成大事。
若不嫌棄，在下也願相隨！

能得兩位英雄相隨，劉備感激不盡，願與兩位英雄結為兄弟！
太好了！我家後面有一個桃園，桃花開得正好。明天我們就在園裏結拜，以後齊心協力，共謀大事！
如此甚好！
Z
Z
Z

不知不覺間，月色朦朧，樹影搖曳，已經到深夜了。張飛留劉備和關羽在自家睡一覺，約定明天就去屋後的桃園結拜為兄弟。三人高興極了，一杯接一杯，喝個沒完。不知誰是第一個喝醉的，也不知誰是第一個醉倒的。

小小的牀榻上，三人一個挨着一個，睡得可香了。

不求同年同月同日生，只願同年同月同日死！

第二天，陽光明媚，春風和煦。桃園裏，桃花開得正好，紅粉相間，灼灼耀眼。

三人恭恭敬敬地擺好祭品，燒香跪拜天地。滿園桃花下，他們立下誓言，結拜為兄弟，從此以後不離不棄，有福同享，有難同當！

按照年齡大小，劉備是大哥，關羽是二哥，張飛最小，就是三弟。

當日下午，張飛變賣了家產，兄弟三人拿着銀錢一起去城裏招兵。他們住在劉備家簡陋的大院裏，以地為蓆，以天為蓋，雖然生活困苦，但心裏十分滿足。

眼看招募來的壯士越來越多，關羽和張飛心裏美滋滋的，只有劉備悄悄歎氣：將士有了，可沒錢買馬，怎麼能上陣殺敵呢？

說來也巧，沒過幾天，村裏來了兩個賣馬的商人。因為黃巾軍擾得北邊不安寧，這兩個商人才帶着馬匹來村裏避難。

我願贈予英雄五十
匹快馬，助英雄打
敗黃巾軍！
劉某定不辜負
兩位的信任。

劉備連忙準備豐盛的酒席，把兩個馬商請到了家裏，一邊喝酒一邊聊起黃巾軍的事。聽說劉備想要討伐黃巾軍，兩個馬商敬佩極了，不僅送了劉備五十匹駿馬，還贈予他五百兩金銀和一千斤鑌鐵。這下子，張飛和關羽對大哥佩服得五體投地。

大哥也太厲害了吧！

事不宜遲，劉備拿着金銀和鑌鐵，找來了遠近聞名的鐵匠，為自己和兩個弟弟打造了三件絕世武器。

劉備得了一雙寶劍，名叫雌雄雙股劍；關羽的武器是一把大刀——青龍偃月刀；張飛有了一杆長槍，喚作丈八蛇矛。三人揮舞着手上的武器，多麼威武霸氣！

不久後，就有消息傳來，五萬黃巾軍正氣勢洶洶地攻向涿縣。劉備帶着關羽和張飛直奔太守府，向太守劉焉表明自己帶兵攻打黃巾軍的決心。劉焉高興極了，連忙將他們收歸門下，派兄弟三人帶兵迎戰黃巾軍。

多謝太守美意，玄德必將竭盡全力，擊退黃巾軍！

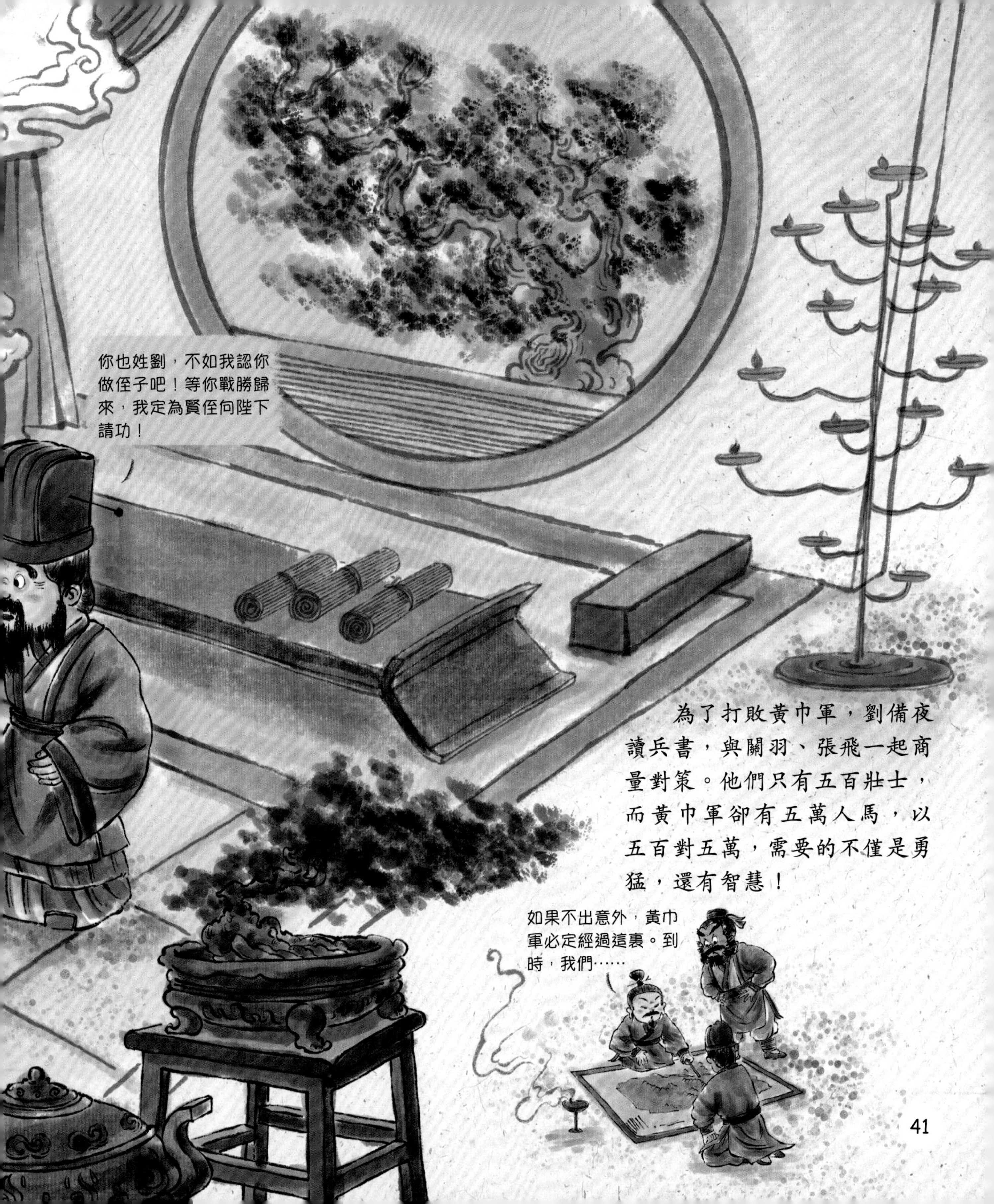
你也姓劉，不如我認你做侄子吧！等你戰勝歸來，我定為賢侄向陛下請功！
如果不出意外，黃巾軍必定經過這裏。到時，我們……

為了打敗黃巾軍，劉備夜讀兵書，與關羽、張飛一起商量對策。他們只有五百壯士，而黃巾軍卻有五萬人馬，以五百對五萬，需要的不僅是勇猛，還有智慧！

第二天，兄弟三人帶着五百壯士早早出發，準備在峽谷的山頂伏擊黃巾軍。這峽谷地勢凶險，劉備命眾人準備好巨石和樹樁，等黃巾軍出現，就可以推它們下山，阻擊敵人。

果然，不出劉備所料，浩浩蕩蕩的黃巾軍一路奔馳，毫無防備地衝進了峽谷，連人帶馬被砸了個狼狽不堪！

哈哈哈，大哥英明，這羣
賊人果然中埋伏了！

黃巾軍被打了個措手不及，以為遭到了大軍伏擊，頓時慌了神，只想着要趕緊逃命。可誰知，他們剛逃出峽谷，就遇見了守在山口的劉備、關羽、張飛等人！

這兄弟三人打仗可真厲害！張飛一矛刺中賊寇首領心窩；關羽一人一馬，萬軍叢中取敵將性命；劉備手握雙劍，從賊軍中殺出一條血路，堪稱以一敵百！

劉
關
張

黃巾殘軍眼睜睜看着將領被斬殺，嚇得丟盔棄甲，撒腿就跑。

兄弟三人乘勝追擊，殺賊無數，大勝而歸！

張飛以後想做什麼？

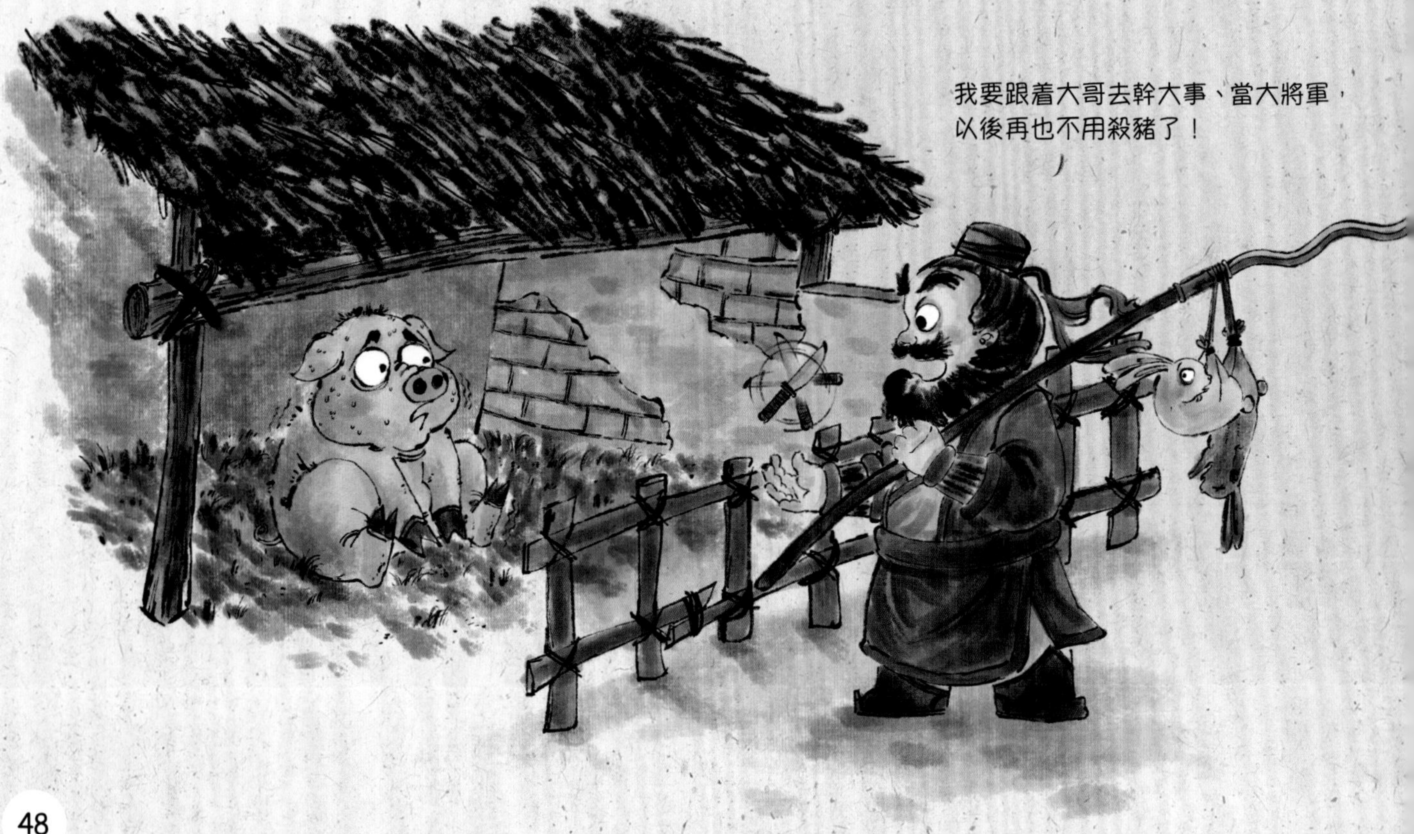
我要跟着大哥去幹大事、當大將軍，
以後再也不用殺豬了！